# たがいちがいの空

藤井優子

思潮社

たがいちがいの空　藤井優子

装幀＝思潮社装幀室

# たがいちがいの空

# I

# トパーズ

キャンドルの灯もまばらなホテルのラウンジで
あなたは静かに歌を聴いていた
ダイキリをご馳走してくれたのは
少しの淋しさと気まぐれ　それとも
ガラス玉で身を飾った異国の娘への同情
たどたどしい英語でお礼を言うわたしを
褐色の肌にひきたつ大きな瞳が見つめた
組んだ両手のなかには光る大きなトパーズ
――約束の指に嵌っていたのではなかった

それからいったい何を話したろう
あなたは流暢な英語で
わたしは若い娘にだけ許された言葉で
あなたの国での再会を期し席を立った
次のステージにもうあなたの姿はなく
イントロが変わると違う恋が始まり
最後の曲の頃にはトパーズのことも忘れた
それなのに終電を急ぐ道で再び
街路樹にもたれたあなたを見つけてしまった
こちらに気づいて何か言いかけたのを
人混みに紛れてわたしは振り切った
おそらくそれは若い日にだけ現れる
岐かれ道のひとつだったから
そしてそれゆえ
二度と逢うはずのないあなたとの約束を
わたしは守ることができたのだった

あなたの生まれた国に着いた日の
ディリーの青い夜空を裂いた稲妻のまばゆさ
タージマハルにかかっていた月のきらめきに
あのトパーズの黄の輝きを
重ねずにはいられなかったのだから

# アスパラと虹

――ちょうど今ごろドイツでも解禁なんだ　それ
北の方なんだけどね
この時期に旅した人しか知らないんじゃないかな

前菜は
アスパラガスの蒸し煮トリュフソース添え
おとなの親指より太くてナイフに抵抗する
窓の外　外人墓地の向こうの海では
ホテルの群れが背伸びしている

——そりゃもう　お祭り騒ぎだよ
太さなんて君の食べてるのの五倍はあるし
皮剝きコンクールなんかもあってさ

フォアグラに百合根のソースをからませた皿に
アスパラを分けてやりながら
わたしは祖母と筍を剝いたことなどを思い出す
やはり今ごろ　裸になった炬燵の炉を囲んで
灰が隠れるほどの皮を剝いた

テーブルクロスには
グラスの水のかげが青くまるく揺れて
あなたのシャツの胸のあたりにも
小さい虹がいくつもできて
五線譜を並べたよう

——え　どこ　見えないよ

あなたは背広を開いて
幾度も胸を覗き込むけれど
そのたびに虹は消えてしまい
背広をあわせるとまた
虹はシャツに戻ってくる

あきらめたあなたは
わたしの知らない国の話をはじめ
わたしはあなたに見えない虹を楽しみながら
知らない誰かの幸せを思う
少し冷えたアスパラを噛みながら

# 夢守り

冬はどうなるのかしら
凍るだろう　やっぱり
凍ったら白くなるのかしら
このままじゃないかな　ミントのシャーベットがあったろう
じゃ　そこに雪が積もるのね
雪国だからね　ここだけ降らないってことはないさ
それにしても青いな

つゆ草をどれほどしぼったら　この青い水ができるだろう
世界遺産だという青いがうえにも青い水

水面には時ならずして落ちた楓の葉が貼りつき
ささやかな輪がときおりひろがる
水紋、風——いや　あれはつぶやきではないか
この水の色にも慰撫されず立ちのぼってくる切れ切れの物語だ

なんだか骨みたいに見えるね　あの木は
いいえ　あれは背中よ
まっしろできれいなおんなのひとの背中

白く底に沈んだ木が
かさなりあって何かを庇うおんなたちのようだ
おんなたちは手をたずさえて底にむかって歌っている
何か途方もない悲しみを囲んで
それをなだめて眠らせるために
あれはたぶん青い花の咲く木だったのだ

――むかし　捨てられた村のおんなたちはみんなここへ来ました
ここで泳ぐと不思議なことに悲しみが溶け出していくのです
でもそれは生涯にただ一度という定めで
禁を破るともう二度と湖から上がって来られません
そしていくつもの夢の守りびとになるのです
湖は最初の悲しみだけの色なのでした

# 水の影

わたしはただ眠りたかっただけなのです
もっと深い眠りにあこがれただけなのです
もう　だれの夢にも引き込まれたくなかった
わたしはわたしの夢だけを見ていたいと
そうして過ごしたいくつもの季節
薔薇やすいれん　罌粟やつゆくさ
どこに秘密などあったでしょう
美しいものはひたすら美しく
なまえさえ喉ごしのいいものたち
やがては黒い影になったとしても

それなのに
ふいに潮は満ちてきて
ヘンドリッキェ*のあのくらい瞳《め》から
小さな蛇のようにすばやく胸に流れ込んできた
毛皮や真珠のかがやきに埋もれた
女のあの瞳の気後れに
わたしもまたすっかり自信をなくしてしまった
悲しみは枯れない水だと
その淵源《みなもと》が愛であれ憎しみであれ
いちど流れだしたら絶えない水だと
もういちど思い知らされ
それでもやはり
水面の翳りを見ないようにして
わたしはあなたを見ようとするのかと

*レンブラントの内縁の妻ヘンドリッキェ・ストッフェルス

# ヴァカンスの小鳥

山の別荘では
夕靄がのぼってくるのを見ました
青くゆっくりあがってくる靄に
下の町が滲んで流れてきました

ええ高い土地ではね
モンマルトルもそうでした
でもあそこは靄じゃなくて夕闇で
ひと刷毛　ひと刷毛塗るように
丘の底から青い水がのぼってきます

夜明け前のいっときも真っ青になるんです
たった今　海からあがったみたいに

それはそうですとも
この星は海でできていますから夜は海のもので
すべての眠りは海でつながっているのです
引き潮が恋人たちを追い立てるのも
違う夢を見させるためで
波音に鼓動をあてると
どこか知らない国を思い出します
いつのまにか消えた幼い日の宝も
青い眠りのなかでは
たやすく見つかるでしょう

それからしばらく
天の川へのぼる海路の閉鎖や

消えたプルートー*の噂をしていた鳥たちは
思い思いの風に翼をあずけ
落ちていく輝きに消えていった

*冥王星　ギリシャ神話から
一九三〇年から太陽系第九惑星とされていたが二〇〇六年はずされた

# セプテンバーソング

海が見えれば　少しくらい辺鄙でも
船宿なら沖釣りにも便利だし
どこか海水浴客で混まないところをさがして

薄いお茶を飲みながら
わたしたちはささやかなヴァカンスの話をする

北のほうが涼しいけれど
夏の終わりが早すぎるから
風がさわさわつめたくなるとなんだか落ち着かなくて

いつか観てきたお盆の踊りなんかも
祖先の幽霊の踊りだとかで
大きな笠に顔を隠して
ゆうらり優雅な手ぶりが　ほんと
この世のものとも思えなかったけれど
お囃子の笛がひゅるひゅる胸を絞って
足もとから力が抜けてしまいそうだった
――淋しいのは悲しい

お茶はそろそろ渋みが出はじめ
わたしたちはなおも湖だとか
古い宿場の街だとかあれこれ思いつくまま
短い旅に多すぎるほどの候補をあげる
ほんとうはどこへ行ってもおんなじで
ヴァカンスというなら
今こうして向きあっているのがそうともいえるのだ

青いまま振り落とされた木の実が
飾られたテーブルのうえで色を変えている
――ふいに疲れが出る
ね　別々にどこか行きましょうか

# 海の薔薇

午後の陽にかざしたグラスは
ほどよい血のいろに輝き
船は白いブリッジをあとに
二時間たらずの航海に出る

あたたかに海は笑い*
ひとすじ伸びた　あの光のあたりに
ゆっくりとワインを注いでみたくなる
暗い波に吸われるように
おそらくは飛沫もあげず落ちる赤い水

はじめから予想できる失望
それでも暮れ方の夕映えには
沖に向かって薔薇を投げたくなるだろう
この親しい穏やかな海に
嵐の夜があることは知っていても
あなたの見てきた港を
わたしも見たい

見慣れた景色が戻ってきたとき
ふいに大きな船体があらわれ
なにか言いかけたあなたの声に
アナウンスが重なる
――皆さま　日本丸です
船は今　四十ヵ国の旅を終えて帰港します

間近に船の傷を見る
いくつもの夜と昼を超えた傷
――ようこそ　ふたたびのふるさと
わたしこそ　あなたの海

＊北原白秋

# Ⅱ

# たがいちがいの空

声がした
ごく近いあたりで
閉てた襖の奥からでも
縁側の向こうからでもなかった

母の声ではなかったが　それでも
わたしははっと鏡からおりた
——空遊びをしていたのだ
仰向けに置いた鏡に映る
冷たい空のうえを歩く

飛翔と墜落のひとり遊び
それを危ないからと禁じた母は
ほんとうは
恍惚とした娘の顔を見たくなかったのだろう

あのとき声はなんと言ったのだったか
慌てたわたしは
そばの机に手をついたはずみに
灰皿を落としてしまった
短いくぐもった音がしただけで
砕け散るなどという
華やかな結果にならなかったのが
その場面をいっそう沈ませる
分厚いガラスの灰皿の下
空はいくつかのピースになっていて
雲は少しずつ形をゆがめて流れ

わたしの目には
亀裂して深い淵ができ
口は罪深そうに捩れたがっていた
そういえばあの声は
おまえのせいだ　と言ったのではなかったか

記憶のなかで時が微妙にくいちがい
たがいの言葉がすりかわってもぐり込む
そのどれもが真実になろうとして
もどかしく結末をさぐる
ひび割れたのは鏡で
空ではなかったのに
わたしはなぜ
あなたを見失ってしまったのか

# 花音

イメージサウンドですね
聞こえた気がしたんでしょう
パネルを指さしながら写真家は答える
それは　えも言われぬ色彩の
花弁のすべて開いた蓮だったが

蓮の花が開くときは音がするという

これは咲いてから四日めの花です
蓮の花の寿命は四日しかなくて

朝に開いて夜は閉じる
音がすると言われているのは
おそらく最後の朝でしょう

そうだろうか
初めて開く朝だと思っていた
身を裂いて開くとき空気を切る音なのではないかと
本当は音がしないと言いながら
なぜ写真家はそう断じるのか　それに
聞いたと思う人は
喜びを聞いたのか　哀しみを聞いたのか

あの冬　病院の窓から毎晩
遠くの遊園地の花火を見た
小さいのはともかく
音のないのが淋しかった

黙ってあがって黙って散る花の火
開くたび　わたしは胸のなかで声をあげた
あなたには聞こえたろうか
わたしはいつも声をあげていた

# 雨模様

なんだかおかしいと途中で気がついた
もうとうに着いていいはずのバス停が見あたらない
そういえばさっきからずっと
歩道橋ですれ違った人の顔を考えていたのだった
傘のうち　うつむきかげんの口もとに笑みが浮かんでいた
知った顔に似ていたというわけでもなく
あまりの無防備さに驚いたのだ
他人の無意識の笑いを見ると妙に腹が立ち
自分がそんな顔を見られたくないからだろう
電車に向かい合わせた人の嬉しそうな笑みにも

ついと目を逸らせてしまうのに
それがさっきの顔には思わず見入ってしまった
傘があれほどに外から隔てた世界をつくるのだ
雨のせいで道に迷うというのはこういうことかもしれない

あなたに逢った日も雨だった
降り込められていた駅ビルの入り口で
——怒ってはいけません　この国の気候です
と　澄まして傘を取り出した
雨音でよく聞き取れないあなたの言葉に
いいかげんに返事をしながら
わたしは公園の藤棚の名残の花いろが
雨に滲んで　そのまま　ぼう　と
夜の闇に流れ込んでいくのを見ていた
それから雨音はますます高くなり
もう　なにを話しているかわからなくなっても

わたしとあなたはひとつ傘で
ほかの人とは別の世界に守られていた　ような
だからわたしたちは交差点を渡りそこね
目印を見落とし　ぬかるみを近道だと思ってしまったのでは
雨のせいでまだ迷い続けているのかもしれない

水妖花　Ⅳ

——私に不思議だったのは姫さまが男を拒まなかったことでございます。狭手彦《さでひこ》さまがお発ちになってからわずか五日の後であったのに、なぜ……。悲しみのあまりに愛しい幻を見ていると思われたのでしょうか。ようやく素性を突き止めようと私にお供を仰せつけられたのは幾夜も通わせてからでした。

——着物に縫いつけておいた麻糸は、姫さまが狭手彦さまの船を見送って領巾《ひれ》を振られたあの丘まで続いておりました。男は丘のうえの沼のほとりに横たわっていたのでございます。そしてその姿は頭は蛇、身体は人というおぞましい姿に変わっていました。姫さまに気づくと化け物はするりと立ち上がり、たちまちのうちに狭手彦さまの顔で話しはじめたのでした。

弟日姫子よ[*1]　ではおまえの願いを叶えてやろう
ああ　あれは美しい領巾《ひれ》であったな
沖からは虹のように見えたであろうに
振れども振れども船は戻って来なかった
儂《わし》の耳には潮より激しいおまえの血の流れと
哀れな　と他人事のように呟く狭手彦の声が聞こえたぞ
船が消えておまえは初めて絶望した
だが　おまえにはあの夜すでにわかっていたのだ
任那《みまな》[*2]へ発つと苦し気に告げる狭手彦の胸の内はすでに
異国への甘美な憧れを宿していたことを

この沼を見るがいい
水底には捨てられた赤児
死ぬまで働かされた奴や牛馬の死骸が腐っている
二度と人目に晒されてはならぬものの恨みが
流れに清められることなく煮え凝っている

あれほどの狂態を晒した女はもはや生きていけまい
嘆くよりほかない魂に身体など要るはずもない
篠原の　弟姫の子そ　さひとゆも　引寝《いね》てむしだや　家にくたさむ[*3]

――沼のなかから腥《なまぐさ》い霧が姫さまと化け物を包みはじめ私はもう夢中で人を呼びに走りました。皆さまをお連れ申した時にはふたりともどこかへ……。諦められない親ごさまたちが沼底をさらうと、誰とも知れない骨が出てきたばかりでした。皆さまは仕方なくそれを領巾振山《ひれふりやま》の南に葬って姫さまの墓としました。けれども私には最後に見た姫さまの後ろ姿が少しも怖れがなく静かだったように思われました。

＊1　松浦佐用姫　「肥前風土記」松浦郡より
＊2　古代朝鮮半島南部　日本府があった
＊3　篠原の弟姫、佐用姫よ、一夜だけでも共に寝てから家に帰そう
〝くたさむ〟は〝下さむ・腐さむ〟――帰そうとも腐らせようともとれる

# あめくらまし

今時分になると思い出すんですけど
風をひいて休んだ日でしたね　あれは
部屋のなかが急に翳って
シロツメクサを毟ったみたいな
（ほら　よくままごとの御飯になる）
おおきな白いものがばらばら降ってきたんです
七階でしたから見下ろすと
欅の木のてっぺんにも花みたいに降り注いでいましたよ
雨にも雹にも　雪にだって見えなかった
そのうち窓に凄まじい音がして

鳩じゃなかったかしら
ぶつかったんですね
すぐにばたばた飛んでいったけど
どこかで死んじゃったに違いない
あんなものが降ってきたから
見えなくなっちゃったんでしょう　可哀想に
でも　なんだってこんなこと
どうだっていいようなことを覚えているんでしょう
イソップ物語にも似たような話があったような
ねえあなた
わたしたちも用心しなくては
空からは毎日いろんなものが降っているそうだし
そのせいで多分
あなたが良く見えたり悪く見えたり
わたしだって　あの鳩みたいに
家に帰れない時が来るかも知れない

すると　どこかの知らない人が
可哀想に
誰か待ってる人がいるんだろうに　とか

# 展覧会の絵

めったに見られない作品が揃っているという期待のほかは
やはりこの画家の人気であろう予想通り会場は混んでいた
長い列から解放され入り口で連れと音声ガイドを借りると
互いにあとはそれぞれという風を装い別々の絵を前にして
立ったのであるが人波は動かず手を握りあってひとつ絵の
前に立ったまま囁きかわす若い恋人たち仕入れたばかりの
知識をその風体に似合わず野太い声で話す女子大生だのが
何憚ることがあるものかと流れをせき止めているのだった
ようやく押し出された絵の前でそれらの絵が全くの無防備
というより無頓着なまで此方に向かって開かれているのに

狼狽え画家がどれだけ冷たい視線でおのれの愛したものを
切り刻んだかに圧倒されながら連れはと見まわすとまるで
それらしい姿は消えてしまっている
たぶん次のフロアなのだろうと人を喰った表情で描かれた
画家の自画像をあとに豊満な裸の女の額へと進むとそれは
画家の夢から生まれた作品なのだそうで女の身体を囲んで
考えつくかぎりの獣たちが小さく衣服を着て描かれている
そういえば鳥獣戯画というものが昔からあったっけなどと
舌舐めずりしそうな狐や虎を見ていると女の柔らかな腹に
つつっと鮮やかに血が滲みそうで人間ほど弱い肉体を持つ
生きものがいるだろうかと溜め息がでるのだった
次のフロアにもそのまた次のフロアにも連れの姿は見えず
洪水のような人波のなかで次第に不安が兆してきてそして
古い映画のこどもを雑踏に捨てる場面を思い出していた
もしや連れはこのような別れを望んでいたのかもしれない
面倒な愁嘆場なしで

ああ急に嫌になって帰ったんだとか
気味の悪い絵があったじゃないかとか
よく平気で最後まで観られたね
君の神経信じられないよだとか
額縁のなかでは画家が祈っていた
晩年宗教画に没頭した画家はキリストに祈る群衆のなかに
自画像を描いた
場面になじんでいないその姿には居場所のない孤独がある
いつのまにか画家と共に祈っているとふいに肩を叩かれた

# はなのあだしの

うつむいているようでした
いえ　うなだれていたというか
――そうでしょうか　見事だったのに

それでもやっぱり　そう見えたんです
横顔でこちらを窺う感じで
すいと引き寄せられて
肩越しに見たんですけど
どうしてこんな目立たないところに　あの花
もったいないって
大きな植物園なのに　あそこだけ

お隣の屋敷の影が落ちて
闇が蹲っているみたいなんです
はいったら出てこられないんじゃないかって
そう思って怖かったのに
あの方　平気でかぶさってくるから
目の端で空が切れて
あの花が息を吸ったみたいにふくらんで
まるで女に覗かれている気がしました
――咲いた花の傍ですもの　無事にはすみませんよ

ええ　それでわかったんです
花は闇を吐きながら咲いてるって
でも　だんだん吐ききれなくなってきて
自分の闇に侵されて死ぬんだって

# 祈り

あなたはまだ
あのむかしの絵が忘れられずにいる
ささやかな夕餉のテーブルで祈る母親
その放心したまなざしを
すこしも満ち足りていない虚ろな瞳のまえに
あなたは胸をつかれ立ちつくした

だれかがどこかで祈りはじめる

それは歌のように

かぜに乗りかぜに途切れ
波間に見え隠れする花のように
もどかしく揺れながら
ふいにあなたに届く
あなたはなぜ古い記憶に
突然　胸をしめつけられるかわからないまま
甘美なほどの痛みに涙する
かつては若い恋人だった自分に
捨ててしまった小さな喜びに
それからあなたは
たぶん淋しい心を持てあまし
どこかへ出かけるかもしれない
たとえば一日の最後の陽があたる公園
しおれかけた花のこぼす露
それらを見てあなたは美しいと思い
過ぎていく幸福が悲しみに似ていることに気づく

そしてようやく
だれかの祈りはあなたのものになり
あなたの祈りはまたどこか遠くの
恋人たちをつつむ冷たい夜気を
暮れた一日に安堵する母親の眠りを
ゆっくりと満たしていく

Ⅲ

# ゆきがたみ

最初の旅人は
都の流行《はやり》うたを歌い
いくさの終わりを告げた
けれども
辛くも生きのびた落人たちの長《おさ》にとって
それは信じられない話に思われた
(こどもたちだけがよく歌を覚え鞠をついた)
ふたりめの旅人は
桜木をおおう雪を花に見立て
都の爛漫の春を懐かしんだ

それでも落人の長には
血と泥にまみれた　あの
おびただしい花びらが忘れられなかった
（そうして再び山を越えるなと掟した）
華やぎを知らずに育った長の娘は
降りしきる雪の向こうに
はぐれたままの母を見た気がしたが
それもこの地方に住む雪女だったとか
落人の村はそれから幾世代
生きるためだけに暮らしてきた
まれまれ訪れる旅人は
雪にもまがう娘の肌に目を見張り
飢饉の年にはその白い娘が
都へ売られ落人の子孫たちを救った
そうした娘の行く末は
川に落ちた花のように誰にも知れなかった

村を支えてきたのは貴人の伝説だったが
生きるためにさすらいを求めたのは
多少なりともその言い伝えを信じたからかもしれない
その日
新しい都のホテルで
めくるめく高さの夜景を
雪晴れの夜空に似ていると思ったとき
かすかに娘たちのうなずきかわす気配がして
伝説がにわかに迫ってきたのだった

# 春さんのこと

春さんはきれいな狂人だった
日がな　お城の山で花を摘み
髪に挿し袂に入れ
暮れると沢の近くの家に帰って行った
誰からともなく
山のお春子と呼びはじめ
おとなしい狂人を子供たちはからかった
春さん　今何時と訊くと
きまって
昨日の今頃　と答えたそうだ

器量望みで嫁った先から
夫に好きな女ができたというので
子を奪られ離縁され
気がふれたそうだ
お城の山から
子のいるあたりを眺め
今日とは違った昨日を彷徨う
春さんの呆けた目を
夕日のなかに想った

〝昨日の今頃〟を
ある詩人*の詩中に見つけたのは
町を出てからだが
春さんは知っていたかどうか

*室生犀星

# 水行く舟の

紅葉がいいという宿の
きららかに趣向の凝らされた庭のはずれから
たぶん裏の山につづくのだろう
ゆるい傾斜のあるほそい径をのぼると
ほどなく目のまえが開け
さして大きくもない池に出た
古い小舟が一艘繋がれているが
漕ぎまわるほどの水嵩も広さもない
田舎らしい面白みのない景色で
そばに宿のものと思われるバケツや工具が無造作に放られている

ところが　浮かべるためだけに置かれたような
その舟にわたしは見覚えがあった
こんなところに　と

あの洪水の日
蛇がちろりと舌を出すようだと
堤防を超えてきた最初の水を見た時に思った
母の手にすがったままふりかえりふりかえり
水に追いつかれないように駆けて帰った
見る間に道は川になり
橋のたもとの店の舟が流され
勢いを増す水にのって幾度も家のまえをまわった
水がひいたあと舟はどこにも見つからず
海へ流れていったのだろうと持ち主はあきらめたが
舟はわたしの夢にいた
眠りのなかを

なつかしい川や見知らぬ池やみずうみを
少し傾いて無人のまま流れていく

わたしは水に翻弄されつづけたのだろうか
どこにもたどりつくことのない
徒労の運命の残酷さをあの日見たのかもしれない
遅い午後の日が落ちると
夢がわたしを誘いにくるだろう
けれども　わたしはここに舟と留まることにした
もう　あなたに向かって漕ぎだすこともない

# 冬の実

ここから先へはひとりで行きます
橋の向こうは冬の町ですから
そこへ行くともうさびしくはなくなります
もう何かが失われることもありません
わたしの涙は凍ったまま
いくつもの夜に耐えるでしょう
消えない悲しみが今度こそ
わたしを支えるでしょう

わたしたちの旅は終わったのです

ごらんなさい
ああやって　惜しげもなく空に散りばめられた星が
どれほど人を苦しめてきたことか
どんな拷問にもまさるのが憧れです
癒やされない飢えに惹かれて
こんなに遠くまで来てしまったのです

あの町へ行ったら
生まれるまえの夢が見られます
たったひとつの言葉と約束が
溶けない氷に刻みつけられたまま
燦爛と散る雪に
いつまでも
春の花びらををなぞりながら

目覚めぎわ

茶色い犬は　そう言って
確かめるようにわたしを見てから
あかい実をひとつお別れにくれました
そういえば
彼が死んだ朝は
あがなうように美しい雪がふりましたが
さびしい夢を見たものです

# メタモルフォーゼ

濃く茂った葉影でわたしたちは日暮れを楽しんでいた
弱まっていく陽射しに池のおもては黒く沈み
辺りの輪郭も滲んでいた
向こう岸の岩端には鷺が一羽すらりと白く
水面すれすれをやはり白い鯉が横切っていく
何度も執拗に往き来する鯉を首を傾げて見ては
連れがいちいち指さして確認している
——おかしいね
あれはなんだかいつも大きさがちがっているのじゃないか
奴め　ここの主かな

あの狂おしい花のあと緑をしたたらせている木のしたで
おなじ木の花にあやかされた日を思い出しながら
わたしは　もうどんなことが起きてもいいような気がしていた
花から花へのいっとき　虹の架かる束の間とわたしたち
そのどれもがこの星のひと呼吸する間の夢にしかすぎないなら
宇宙の平等とはつまりそういうもので
何もかもひとつの欲望から生まれた夢なのだと
そうでなくてはもはや季節さえも受け入れられないと

暗くなった向こう岸に目をやると　先刻まで鷺のいた岩端には
体格のよい白いサリーを纏った婦人が佇んでいた
鷺の姿は消えている
わたしたちはなぜか慌てて鷺をさがした
鷺が婦人に変わったとしても別に構わなかったはずなのだが
そして　ほとんど動かず池を見つめている婦人の見張りに疲れ

わたしたちがふと目を外すと今度は婦人が消えて鷺がいる
ついに鷺と婦人は一緒に現れず
そのことに連れはおおいに満足したらしかった
――案外レダ*もあんなおばさんだったかもしれないぜ

*白鳥に変身したゼウスと交わりトロヤのヘレンを生んだと言われる――ギリシャ神話

# 冒頭

砂利を踏む音がして――

古いノートに書きさしの一行
そのあと何かに呼ばれ
わたしの心はどこかへ行ったらしい　その時
砂利を踏む音がして
若い母が従兄とわたしを咎めに来る
花火の煙は庭木を傷めるからと
その実　口さがない伯母たちに疲れたので　だから
砂利を踏む音がして

わたしはしゃがんで土手の上を見あげる
川沿いの医院の前庭は
とりどりの時なし草に埋め尽くされ
土手に咲き移った花なら盗みではないと
懸命にスコップで根から掘り起こすわたしを
あの老いた医師は無表情に見おろしていた　それから
砂利を踏む音がして
あなたはすばやく　わたしから身を離す
その鋭い動きが夜気を裂き
もうひとりのひとに確信を与える　そして
砂利を踏む音がして
立ち止まる躊躇もなく
わたしから去っていく嘘　なのに
砂利を踏む音がして
匂いも空も花も汗もすべて
もう一度　手が届きそうに

記憶の岸辺にあらわれる　今にも
砂利を踏む音がして
とりとめのない物語が始まり
結末を忘れるわたしを哀れむように

# 花の日

さくらは時をとめる
爛漫の花のしたに立つと
あの日からどこへも行っていないと気づく
——それはいつかと問われるとあやしくて
ふり仰げばかぶさってくる
花の重みに目眩を感じながら
あの日だと思う
心の底に散り敷いた花びらを
ふと巻き上げる風に
あ　あの日　と疼くように

あの日は
去ったのか　去られたのか
ひとりで花のなかにいたのは確かで
記憶が遠く入り交じり
切ない輪郭だけが迫ってくる
そもそもあれは花の日だったのか
あれは
雪明かりに見たさくらではなかったたか
白い雪をまとった木のしたで
凍える死を夢見ていた
——花の日は寒い

花びらが雪になり
雪は花まじりに吹雪いて
おそらく

なにか取り返しのつかない
思い違いをしたまま
あの日に
時がふり積もっていく

# 後書き

雪の深い町に生まれた。すでに都心の暮らしの方が長いのだが、今でも雪の気配を感じて目ざめることがある。旅の途中という想いは消えない。
うろうろしているわたしを励まし導いてくださった先輩詩人・詩友の皆さま、発行にご尽力いただいた思潮社の編集部の皆さまに御礼申しあげます。

二〇一四年　春

藤井優子

藤井優子（ふじい・ゆうこ）

秋田県横手市に生まれる
早稲田大学卒業

詩誌「アリゼ」同人
日本現代詩人会会員
日本訳詩家協会会員

詩集『月の実を喰む』（花神社）

現住所　〒一五三-〇〇六一　東京都目黒区中目黒一-一-二六-一二一〇

# たがいちがいの空《そら》

著者
藤井《ふじい》優子《ゆうこ》
発行者
小田久郎
発行所
株式会社思潮社
〒一六二—〇八四二　東京都新宿区市谷砂土原町三—十五
電話〇三（三二六七）八一五三（営業）・八一四一（編集）
ＦＡＸ〇三（三二六七）八一四二
印刷
三報社印刷株式会社
製本
小高製本工業株式会社
発行日
二〇一四年三月三十一日